大别山情思

叶雄超 著

天津出版传媒集团
百花文艺出版社

图书在版编目（CIP）数据

大别山情思 / 叶雄超著 . -- 天津 : 百花文艺出版社 , 2024.2
ISBN 978-7-5306-8745-1

Ⅰ . ①大… Ⅱ . ①叶… Ⅲ . ①诗集 - 中国 - 当代 Ⅳ . ① I227

中国国家版本馆 CIP 数据核字 (2024) 第 006373 号

大别山情思
DABIESHAN QINGSI
叶雄超　著

出 版 人：薛印胜
责任编辑：王　欣
封面设计：图美之家
出版发行：百花文艺出版社
地址：天津市和平区西康路 35 号　邮编：300051
电话传真：+86-22-23332651（发行部）
+86-22-23332656（总编室）
+86-22-23332478（邮购部）
网址：http://www.baihuawenyi.com
印刷：三河市华东印刷有限公司
开本：710 毫米 ×1000 毫米　1/16
字数：150 千
印张：10.5
版次：2024 年 2 月第 1 版
印次：2024 年 2 月第 1 次印刷
定价：69.80 元

如有印装质量问题，请与三河市华东印刷有限公司联系调换
地址：三河市燕郊冶金路口南马起乏村西
电话：（0316）3312202
邮编：065201

最美故乡山水情（代序）

——《大别山情思》阅读札记

陈春生

我和雄超同龄，成长于从封闭到开放的大时代，非常幸运地挤过了千军万马过独木桥的高考，并在城里谋得一份安稳的工作。也许是相似的人生经历，我在吟诵这位故乡诗人的诗作时，有很强的代入感，他选择的意象和表达情感的方式，都能唤起我对故乡以及成长经验的记忆。

雄超大学毕业后，回到故乡当过中学教师、教育组函授教师，后又调入乡镇政府工作，成为一名公务员。因为工作勤奋，能力突出，调入党委宣传部门工作，完成了一个农家子弟的华丽转身。无论工作单位、职务以及生活环境发生怎样的改变，他始终保持着对文学的爱好和对创作的痴迷。诗集《大别山情思》就是他献给缪斯女神的礼物，也是对自己诗歌创作一次完整的总结。“抒怀言志”“大别情思”“行吟留韵”“家园风物”等四部分从不同层面展示了诗人的心路历程，内容非常丰富，既有对革命历史事件的再现与歌吟，又有对故乡民情风俗的深情记述，还有让人沉醉的风景描述，甚至故乡的每一个地名和当下引领潮流的人物，都成了他表达诗思的对象。雄超的诗，不是硬作，不是应景，他生活底蕴深厚，视野开阔，五千年中华民族的灿烂文化，一百多年风云际会的历史，都被他举重若轻地融铸成激情澎湃的诗行，以平民视角展示个人对历史的独特体验和思考。阅读他感情丰沛的诗歌，其实是深入一位爱故乡、爱思考、爱生活的诗人心灵隐秘的地方，倾听生命与大地相互撞击而形成的心灵低语。

作为地方的一位党政干部，雄超关注地方历史，且颇有心得，也许因为多个单位工作性质的缘故，雄超对革命初心、革命者的历史使命以及革命和人民的关系有更深刻的认知。20 世纪那段波澜壮阔的革命史与今天新长征路上无数人忙碌的身影和感人的故事让他沉思，他试图阐释崇高而不变的信仰与当下时代巨变之间的联系。抒怀言志，既有对崇高英雄行为的讴歌，又有对血与火的历史思考。雄超告诉我们，统治阶级压迫和剥削、欺骗和奴役所造成的社会不公是中国革命的远因和动力，是革命的合法性的来源。千千万万个体被唤醒后，所产生的社会变革力量是伟大的。诗人追溯先辈的英雄行为，并为他们的奉献和牺牲精神而感动，正是因为有深沉的历史视野，雄超的政治抒情诗在巨大的革命性历史事件和今天平凡琐碎的工作中自然腾挪，从无数深入乡村一线为扶贫而奋战干部的行为上，我们看到一种精神的传递，一种对共产党执政伦理和人民公仆的阐释，先辈的初心和使命成为千千万万个普通干部服务人民、不怕困难、廉洁自律的精神力量，雄超也指出，对先辈最好的怀念就是用行动建设美好的家园，让人民安康幸福。

作为大别山的儿子，雄超诗歌的时间叙事和空间叙事都显示出强烈的地域文化色彩，历史和当下，昨天和今天，平凡和伟大，水乳交融，雄超对红色文化的歌吟显示出他对历史事件的熟稔与独到的价值取向。他以诗歌的方式抒写鄂豫皖苏区革命史，为当年大别山地区艰苦奋斗的革命者树立了一座永恒的纪念碑。许多政治抒情诗题材选择非常具有匠心，有些是择取革命史的关键时刻，从而勾勒出革命发展的艰难历程，有些则是深入区域革命史的细微处，将鄂豫皖苏区可歌可泣的历史，置身于中国革命的宏大背景中加以考察，笔底波澜，壮阔的历史唤起了人们对英雄的敬仰之情。雄超的这类诗歌也唤醒了我曾经阅读诗人郭小川、贺敬之政治抒情诗的情感记忆。必须说，雄超对政治话语的选择以及内容的政治性质并没有损害诗歌的艺术性，我想可能因为雄超就是革命理想的真诚信仰者，他对革命英雄和红色历史的崇敬之情，内化为个体的独特表达和体验，感情激越高亢，文字纯净而透明，而且充满了优美的旋律，也许诗人自己也没有注意，其实他试图从独特的地域文化中寻找意象，以历史节点上的重要事件为载体，将人民的命运和时代的记忆浓缩在精练的诗句中，展示出 20 世纪波澜壮阔的画卷。这个不是很容易驾驭的，需要很强的概括能力，而雄超具有这样的概括力，没有对中共革命史的深入了解及深切体验，是无法达到这个程度的。

如果说历史题材的诗歌是为时代抒情，是从更宏观层面展示了人与历史、人与社会的关系，高亢激越，那么吟唱故乡的诗歌，则代表了雄超个人的独到体验，浅吟低唱。对于日渐苍老的我们，故乡不仅是现实可感的，更是精神世界的存在，它如同一个标杆，连接着记忆深处的童年和那些已经与大地融为一体的亲人，连接着我们从懵懂无知到逐渐清朗的认知世界。从社会层面来说，故乡大别山的变迁记录和见证着我们的人生经历。今日故乡的沧桑巨变、美丽富足的生活与千千万万人几十年不懈奋斗密不可分，当我们回望故乡，回望青春时，故乡的每一个细微地方都可能唤醒沉睡的记忆，满足我们亲近故乡大地的渴望。

我以为“家园风物”系列，厚重而独具的地域特色，显示出诗性品格。雄超满怀深情地写到穿越岁月的历史文化名人和带有历史印痕的地名。故乡山水清远，文风鼎盛，一代代人在这里生活，他们悄然来到这个世界，又悄然沉没于时光的黑暗深处，但是总有些人化作星星，在这片蓝天上闪烁，成为地域人文精神的象征。徐寿辉反抗暴政的悲壮历史，万密斋悬壶济世的大爱情怀，周锡恩指斥时弊的锐然建言，作为一个个精神符号进入了家乡人的血脉，成为塑造生活在大别山南这片土地上人们精神人格的重要元素，每一次提起，就是一次灵魂的净化。

雄超以精练的诗句为故乡的名人立传，并给予恰当的评价，如《罗田人物志之徐寿辉》：

一场由多云山而始的/疾风暴雨　在元末/下了整整十年/布贩子徐寿辉　一生贩的/是一个简单朴素的道理/山的意志松的风格/缠在头上的红巾　是大别山南的杜鹃/开遍了大半个中国/天完国　匆匆而过/成就了安徽小和尚的/登峰造极/从风之龙　从云之虎/天道残缺匹夫补/一个地道的罗疯子　采石之痛/痛成一篇令人吁叹的县志

诗人将故乡大别山主峰多云山的松、风、杜鹃等意象串联衔接一起，将几百年前故乡人反抗暴政的历史勾勒出来，这段波澜壮阔的历史里既有英雄反抗强权的豪迈，也有内部的背叛、火并和权斗，在宏大的历史舞台上，英雄落幕的悲凉和遗憾，让诗人为故乡的大英雄惋惜。罗疯子，这个独特的、具有酒神精神的意象，形象地表现了故乡人追求正义不惧威权的勇武和自豪。一部改朝换代的历史，一段血腥和恐怖交织的故事，短短几行诗句就概括出来了。

被称为“医圣”的万密斋，也体现了作者评价历史人物的精准：

一个普通的郎中/行医采药五十年　太累了/就永远睡在故乡的山坡上 /你的医案和方剂/还活着　为人治病/所以　只有你才是/医圣

一个医生活着时能悬壶济世，去世后，他的医书、医术和医德不断为后人传颂，万密斋在故乡的土地上安睡五百年，他的大爱仁医的故事也在故乡流传，他不在乎生前身后名，只以解除乡民的病痛为最高追求，这是一个多么平凡而感人的形象啊，难怪今天故乡许多人都在研究这位医圣，为他作传，从他的传世医方中，挖掘精华，为故乡人的健康和幸福生活尽力。诗人用肉体的寂灭与精神的永恒相比照，并深沉地告诉我们，个体生命是有长度的，如果具有高尚的情怀，为民造福的信念，个体生命就会超越自我，在时间的长河里永生。

读雄超的诗，我常常想起艾青的名句：为什么我的眼中常含着泪水，因为我爱这土地爱得深沉。雄超对故乡的爱恋，深入到血液中，他常常将“我”与故乡的风物联系在一起，每一行诗句，都带着故乡的泥土的芬芳，展示出自我与故乡割舍不断的血肉联系。

家乡的田埂／是一本书的书脊／书中　种满了／缤纷的四季……一条条田埂／网一般密集而美丽／乡亲们抓住手中的网绳／年年撒　年年织……我也成了这网中的一株稻穗……

（见《家乡的田埂》）

因为爱，家乡再常见不过的田埂都具有诗意。雄超以质朴的语言将写实的田埂与生活的哲思巧妙地融合在一起。家乡的土地养育着我们，家乡人年复一年地播种收获，一年一年的季节循环中，我们在田埂上奔跑，见过不同的风景，品尝着故乡不同季节的物产，我们在这片天地成长起来，因而对故乡和土地的理解更为深刻。诗人将自己比作田野中一株稻穗，其实是告诫我们，生长在这片土地上，要始终保持着对土地的敬畏，永远保持着泥土般的质朴、坚韧和执著的品质。

诗人不仅写故乡的风物之美，更写出了故乡人多姿多彩的生活。一些随着时代前行而即将消失的传统生活方式，也以夕阳晚照之美的画卷呈现在我们面前，构成山乡独特的生活场景，从这些农耕时代田园牧歌里，能感受到作者对往昔温馨记忆的一丝丝遗憾和不舍。

在故乡的河流和田野，经常有放鸭人，即便乡村发生巨变的今天，放鸭人似乎依然顽强地保持自己的生活方式。《放鸭的老人》：

一根带铲的竹竿／指挥千军万马／赤着的脚也成了蹼／竿挑早霞出／铲下夕阳归／鸭子扑棱棱地飞腾／也是眼睛最有神的时候／放遍每一条河流／遛跶每一个池塘／闲下的小酒／把久藏的心愿熨得通红……

《蚕农》则记录了故乡养蚕人的辛劳：

与蚕共舞共眠／不闻鼾声听蚕声／蚕房轻轻下蚕雨／从丝开始织着嫁衣／从蚕开始做着新房／蚕姑的心 早已化作蚕蛹／长出翅膀……

“从丝开始”，不仅是养蚕故乡劳作的过程的客观叙述，其实也是对美好生活的期待和向往，故乡的人就是在这样单调而辛劳的生活里，寻找自我的价值和美好的未来。雄超写故乡的田野，写故乡人的生活方式，没有以旁观者的身份去刻意美化，而是深入其中，写实般地呈现他们艰辛、孤独但又执著乐观的生活状态和精神禀赋。因为山里人，有自己的生活态度，也有自己的追求，能在艰辛的生活里寻找到生命的快乐。在寒冷的日子里，故乡人的亲情像大别山吊锅一样，滋味醇厚，生活也像吊锅一样，五味俱全。

冬日的火塘／山民们把一年的酸甜苦辣／一锅熬／筷子在锅边开花／火苗发出温暖的笑／无论荤素 团聚或别离／煮沸的亲情友情／滋滋作响……

（见《大别山吊锅》）

吃过大别山吊锅的人知道，那是寒冬最温馨时刻，亲朋好友，围坐在一起，亲情借着火的温暖，还有绿色生态食材制作出的美食，将团聚的快乐和对未来美好的期望都融合在这美好的时刻。雄超抓住了吊锅这个意象，写出了山里人独到的年味和亲情表达方式。

雄超的诗歌语言简洁朴素，但并不平淡，一些载情的客体，具有故乡独到性。比如，故乡无处不在、一年四季常绿的竹子，在雄超的眼里，成了大别山女性的象征，这个独特的、富有地域元素的比喻，既贴切又新颖：

大别山的竹子／就是大别山的女人／偎依在树的怀抱里／用卓约的风姿和树组成了一道和谐的风景／做姑娘的时候／一页页笋衣包裹着你的心思／出落成林时／引诱着树 都弯了腰／出嫁

的时候/四周的树纷纷招手　都流了泪/大别山的竹子/柔中有刚的妹子/前半生在山里/后半生在传说里

（见《大别山的竹子》

只有深入到大别山腹地，看到楠竹和松树挤在一起的绿海，才能感受到用竹子作为一个群体的指代，所蕴含的赞美，人们只知道赞美竹子，“未出土时即有节，及凌云处仍虚心”，但忽略了她们顽强而旺盛的生命力，雄超只选择了竹子的出土、成长以及和树在一起时候的情境，竹子和大别山的树相互成全，构成了最美的风景，是大别山女性谦逊而美好品质的真实写照，一句“后半生在传说里”，暗寓外嫁女子虽有不同的命运，有的甚至不知嫁往何处，但她们像山里的竹子一样吸山川精华，简单质朴，美丽优雅，带着对故乡的深深的眷恋，将生命的种子播散在适合自己的地方。大别山竹子的意向只是其中一个诗韵新颖的个案，这类让人耳目一新的意象还有很多，红安苕、黄梅戏、英山茶、罗田板栗，都是雄超吟唱的对象，而且寄托了无尽的爱意。故乡的特色美食、小城的夏夜、广场、网吧，都让他诗情涌动，也许和他长期生活在故乡的山水田园和淳朴的人民之中有关吧。他选择的意象，极具有个性化，红安苕不仅写这种食物本身的质朴，更是将这种植物和风云际会的历史联系起来。从而将地域文化与生活在这片天地中的人物性格以及这种性格的闪光点结合起来了。《诗歌罗田》用几个“一”，将罗田的物产地貌特征进行了准确地概括。诗人将故乡山村、水井、竹林、桑园、田埂、乌桕、板栗、红薯、杜鹃等众多地域特色鲜明而富有生命力的意象引入诗中，从而让他的诗具有故乡的泥土味和独特的抒情表达。

阅读雄超的诗歌，能感受到他独到的审美追求，情动而歌，为大众而歌，为故乡而歌，而不是追求晦涩和个体私人体验的具象化，诗集中的每一首诗，感情真挚丰沛，意象选择新颖独特，语言明白晓畅，思想情感积极向上，我觉得这种风格是只有阅读和写作到了一定境界时，才能实现的艺术目标，雄超能进入此种境界，非常不容易。比如雄超的咏史诗，在对比、对照中蕴含了自己对历史的深刻思考，有些意象既接地气又韵味悠长。情和思，是诗人面对故乡的全部情感呈现，每一诗行让人产生强烈的共鸣。

清代诗人潘焕龙在其诗论《卧园诗话》中提到：“诗为言情者，更易于感人。”以故乡古人的诗歌追求看雄超，他是符合要求的，甚至可以看出雄超的审美追求和潘焕龙的一致性。然而我要说的是，雄超的诗着重关注生活中的真善美，很少对当下社会的假丑恶提出批评，雄超的审美选择限制了他诗歌题材的广泛性和深刻性，少了些人间的酸甜苦辣味。

雄超是勤奋的，因为诗歌，他有着诗意的人生，诗与思让他几十年的人生丰富厚重。现在他依然坚持着诗歌探索，我期望这位故乡的诗人，以故乡大别山的历史和文化以及风土民情为精神养料，继续为故乡歌唱，让更多人知道咱们大别山腹地，也是人文厚重的地方，具有无限的魅力。

2022 年 12 月 20 日于九江

陈春生，罗田县人，教授，硕士研究生导师，现任江西省九江学院副校长。湖北省跨世纪学术骨干、享受湖北省政府专项津贴专家、教育部本科水平评估专家，江西省二级教授。

自　序

从诗歌开始与文学结缘至今已有40多年了。1979年，我进入襄阳师专中文系读书，在当时的文学浪潮中，成为了文学青年中的一员。那时学校办有文学刊物《草庐》，名字取自学校旁的隆中“诸葛草庐”。在文学社里，同学们自己选编稿件、刻钢板、油印、装订刊物，并且都在尝试写作，向外投稿。我也和同学们一样，单纯而快乐，懵懂而坚定地开始了文学的起步。

我发表的第一首诗歌是1981年10月25日《襄阳报》第4版上的《水饺馆开张了》，虽然稚嫩，但是描绘了改革开放带来的新气象，是触景生情，有感而发的。作品发表后增强了我写作的信心，陆陆续续又发表了几首诗歌。毕业后回到家乡任教，后又成为公务员，工作之余进行诗歌创作，先后在《长江文艺》《湖北日报》《黄冈日报》等报刊发表了一些诗歌作品。特别是《黄冈日报》上，是发表作品最多的地方。当时投稿还是纸质的，我每次都写的很工整，而且写作时大多一气呵成，很少修改的。感谢黄冈日报副刊的历任编辑，虽与他们素未谋面，但我寄去的稿子大都刊用了。还有当时任地委宣传部副部长的丁永淮同志，是个文学和评论大家，他在文章中对我这个不相识文学青年的作品进行评介，使我获益良多。1987年3月，在华中师大中文系提交的毕业论文中，我的选题是当时诗歌创作中的“贵族化”倾向，辅导教师张永健教授两次写出书面修改意见和评语，肯定了我的观点，并指出“诗人与时代、诗人与人民”的关系要着重论述，这个对我的诗歌创作也有较大影响。

我的诗歌关注现实生活，对于重大事件、现实和历史人物都有真切的关照和感悟，尤其是对家乡大别山地区风土人情的吟咏，成为这本诗集的绝大部分。板栗、桑园、红薯、竹子、映山红、乌桕、田埂、老米酒、吊锅、黄梅戏都入诗入画，熟悉的山水田园总能勾起我的诗情。黄州的遗爱湖、宝塔、东坡像、豆腐、萝卜、东坡饼、东坡肉、禹王城遗址、寒食帖，红安铜锣、黄梅挑花，蕲春艾草、英山茶叶等都是我审美、赞美的对象。要把这些老少皆知的风物写好，不落窠臼，不是一件容易的事。有的诗可以说是酝酿了十几年，几十年，才敢落笔。一个歌者如果没有歌唱家乡的作品，那他的作品是不完整的，没有光彩的。

在诗歌的表达方式上，我认为要摆脱过去一个时期的口号化、公式化现象，但也不能像“朦胧诗”那样不注意诗歌语言的表层结构，堆砌一些杂乱的意象。所以，在这两者之间我寻找探索了几十年，当然，其结果是不满意的。值得宽慰的是，始终的坚守，虽没有大的成就，但我不会飘飘然写作，努力做到有根有神，打动人心，并逐步形成了自己想象奇特、简洁凝练、意境优美的风格，我的诗歌作品也成为大别山地区地域文化的一个小符号。这些也得益于刘选国、陈春生等评论大家及文友的关注和总结，他们对我诗歌创作的溢美之词使我用来不断观照自己和自己的作品。刘选国先生早在 1995 年就在《黄冈报》上发表了对我诗歌创作的评论，使我几十年来一直保持着“心灵的歌唱”。陈春生教授是罗田走出去的文学专业人才、享受湖北省政府专项津贴的专家，他对家乡的业余作者关爱有加，承蒙他耐心读完我的诗歌作品，并写出了评论，我心存感激，只有将陈教授的美言嘉论作为激励自己继续创作的动力。

庆幸自己选择了诗歌，它不仅使我的生活有了追求和寄托，也滋养了我的人生，给了我战胜困难、不断前行的力量。

所想琐思，为自序。

2023 年 5 月 15 日

目 录

CONTENTS

抒怀言志

大别情思

行吟留韵

家园风物

抒怀言志

走进新千年

一个千年的脚印
盛满另一个千年的春水
急切而雄浑的声音
是上一乐章的余音
还是引领下一乐章的序曲
城市和乡村互相打量
一握手　就是一个千禧之年

古老的埙和年轻的钢琴
都能找到相同的韵脚
如潮的歌者绵亘不绝
千年来的灵感　源自同一个情愫
脚底下的山河与史册中的故事
竟是这样的曲折多姿

在婴儿的啼哭中　老者的唠叨中
新千年如期而至
只是你的这场雪　才是千年一回
多少缤纷的日子　为你飘飘而下

照亮中国

从嘉兴南湖游船上的灯火
到井冈山滚滚的风烟
从遵义城头成熟的曙色
到延安宝塔上耀眼的晨曦
九十载　星火燎原
九十载　光辉熠熠

一把镰刀　割开旧世界
一把铁锤　打出一片新天地
一条转折之路　从西柏坡的黄土岗上开始
两个世纪的跨越　天安门前的礼花
缤纷着共产党人的朗朗情意

什么最红　鲜血最红
多少颗心为自由　民主　富强
泵尽最后一滴血
什么最亮　理想最亮
多少双手高擎着追逐的火把
上演着东方古国的惊世大戏

举起的拳头

如森林般连绵不绝
砥砺的信念
如磐石般百折不移
党啊　如太阳般照亮中国
是因为你如太阳般
暖进人心　燃烧自己

新中国甲子颂

从开国大典的礼炮中走来
从抗美援朝保家卫国的战歌中走来
从土地改革农民的欢呼声中走来
从南海边轰隆隆的春雷中走来
中南海的晨曦点亮了你
祖国啊　一个甲子的风霜雨雪
将你洗炼得更加成熟伟大

捂住伤疤和疼痛
艰难中升起的蘑菇云
是你捍卫尊严的铁拳
六十载树大根深　伸出的橄榄枝
早已在大洲大洋摇曳成林
战胜灾害和封锁
困苦中的自强　自立
是你走向繁荣昌盛的金钥匙
多难兴邦　浴火重生
敞开国门向海洋
开放中的东方古国笑迎天下客
目光正青春
六十载　星移斗转

六十载　春华秋实
长城巍巍壮大业
长江黄河奏强音
天安门前的华表
耸立着一个共同的信念
新华门里
为人民服务五个大字
熠熠生辉　历久弥新
愿祖国长兴　人民长幸
中华之龙　永远腾飞

共和国之树

你的根系浸透多少血泪
你的枝叶承接多少风雨
五十六个民族
围起你第五十道年轮

五千年的气节就是你的躯干
勤劳勇敢就是你的叶脉
团结和富强就是你结出的果实
半个世纪的节节攀高之中
你与星座交谈　与白云握手
根深叶茂显华章
巍然屹立林中奇

从人民大会堂高昂的迎客松
到维多利亚港湾茁壮的紫荆
蓬勃的绿色涌向新世纪
枝柯间　和平鸽飞成云朵
愤怒的日子　枝条也会变成枝枝利剑
捍卫你怀抱里的每一寸土地

五十年　几代伟人殷勤护

五十年　落英缤纷化作泥

共和国之树

你的种子无论播向何处都会长成一棵

中国树

锤镰之光

一百多年前的上海小楼中
三位黄冈青年
用浓重的乡音讨论着一个贫者的纲领
锤镰之光中
呐喊的铜锣唤起二百多位威武的将军
董必武一袭长衫　敢用镰刀割黑暗
陈潭秋大义凛然　抛下头颅煅光明
大别山　打开你绿色的封面
铁锤和镰刀
分明是另一座不撼的森林

走进你
沟涧之中有树影
手摸树上有晶莹
忘不了
红薯野菜喂养了四支人民军队
忘不了
父亲母亲献出四十万工农子弟兵
大别山
你的怀念用山泉
你的诉说用涛声
好一座大山
似铁锤　如铁砧

节日来临

一个神圣的节日
风雨无阻地走来
百年的日历　扯下来
是一场缤纷的大雪
火车向南疾驶而去
崭新的光芒将我翻开的那页史书
照得黑白分明

为七月而诗而歌
为祖国母亲默默祝福
内心的灯火与虎门销烟
叠印于蓝天之上
香港
环绕着你的不是珠江南海
而是一个民族奔腾的热血
急切地走进你
一个新的伟大日子
因为你载着太多的梦想
太多的愿望

中国的紫荆花

一朵旋转的花
于古老厚实的编钟交响中
灿然回荡
一朵血泪浇灌的花
火样的底色
醒目地给后人描红
中国的紫荆花
七月的五湖四海
都吹拂着你的馨香

与梅兰为伍　与莲荷并芳
百花园中你是普通的花
百年的屈辱史上
你是一个祭奠的句号
画一个紫荆的图案
让心中的花季
年年开放

党旗飘扬大别山

无数条崎岖的山路
被呐喊的铜锣
滚过无数朵殷红的杜鹃
以一腔又一腔热血
凝视成高举的锤镰
大别山
你宽厚深邃的怀抱里
飘扬出第一面引领的红旗
诞生了第一代共产党员

董必武　漫漫长夜燃火种
陈潭秋　陈策楼上慷慨言
党旗下
两百位将军同一个乡音
同一个声音来自大别山
李先念忠心耿耿　每逢危急建奇功
陈再道出生入死　长征先锋排万难
团长方和明　解甲归田三十载
连长傅兴贵　和平岁月绿荒山
共产党员一声“跟我来”
山山回应　峰峰列队

一棵树就是一面飘扬的旗
一座山头就是一个战斗堡垒
英雄的山啊年轻的山
走进你
谁也无法拒绝你的至真　至诚　至远
松风摇动
摇动的是“一要三不要”的大别山精神
石碑发烫
发烫的是一个共同的名字
共产党员
信念伴着森林长
英气长留山水间
树高千尺离不开根
大别山的儿女
始终向党心不偏

献给十六大

香山红叶用鲜艳的标题
刷写着中国耀眼的版图
三峡截流的激情
让世纪的笔椽浓墨饱蘸
站在世界屋脊朗读宣言
青藏铁路以新的延伸
标上一个巨大的感叹

从北国的青松到南海的紫荆
都在聆听人民大会堂的声音
从城市到乡村　从山川到田园
都在许下一个共同的心愿
旗帜在飞　血脉在响
驾驭长车　追赶太阳
古老而年轻的祖国啊
秋天的欢呼声中
诺言是最美的诗句
祝福一片金黄

二〇〇一的秋天

树与锄头
焦急地插在地里
飘落的叶子与日历
难辨季节的颜色

小城中干涸的河流
是城市皱成的相思
中秋之夜上月饼
难圆那一泓秋水照池塘

围坐于盛满酒的桌前
却思念水
秋天的诗题是
有风来过

秋天的故事

首先是海的波涛
叶子在秋天响动
然后是大会堂雷鸣般的掌声
一位老人深情如往　注视长安大街
南海边的目光读遍中国
秋的颜色
由此而五彩斑斓
爽朗的天空　高飞的绿
衔着明媚的消息　四处播种
在秋色中睡眠的树　降落的叶子
以手一遍遍抚摸　展开
并将重新升起　春的旗帜

只是在街头与摆摊的太婆聊几句
我周围　便溢满了风的笑声
秋天的新闻联播也丰收了
随便一瞥
满眼成熟的季节
故事里行走
无数先人仰望的天空
现在轮到我们　仰望
钟声一层层　缤纷落下
覆盖着　一九九七的秋天

教师笔记

沧桑和过去
统统灌进那三百度的镜片中了
不然
眼睛怎么总是源源不断地放出声音

装着李白拜伦高尔基的大脑
怎么也算不好菜篮子和女儿连衣裙的比例
刚和老婆吵架
又要夹着书去欣赏朱自清《荷塘月色》的恬静
一家人密密地排版　印刷着生活
儿子们是正楷
老子变成一个瘦削的仿宋体

他要离开那片黑色的田野了
他才惊奇
最精心最认真最有感情的是最后一次
大山之巅　他站了一节课
据说　那个云霞如火的傍晚
是被一个男人的眼睛望红的

夜读鲁迅

打开一页页　黑白分明的文字
四周　溢满了浓苦的咖啡
先生的目光如水如火
上海弄堂带血的咳嗽
将中国文学史
印得鲜红

漂白的屋子
墨香即是灵魂
沉淀之夜　循循而来
放下彷徨　走进呐喊
子夜过时　摸摸脑后
看有没有阿 Q 的小辫子

想起长征

虽然那段峥嵘岁月装在儿时的书包里
但二万五这个刻骨铭心的数字
读出的血雨腥风
久结心中

一条逶迤的长龙
形成永久的图腾
一张开叉的线路图
昭示了先辈们走过的远不止雪山草地

手在地图走一遍
心再长征一遍
心在上面走一遍
愈来愈明白——
想咬住龙的脚步
将被龙踩得粉碎

想起闻一多

走过许多地方
翻开地图　指的还是巴河
巴河千回百转
流出了一个闻一多

想起闻一多
掀开墨黑的《死水》
先生拍案而起
蓬松的头发像一念闪光的思想
依然夺目
许多人在听你最后一次讲演
清泉寺里红烛有心
望天湖用浩淼波海
录下了你倒下前的乡音

读了许多书
走近你
还是想听先生的课
先生不语
烟斗里飘袅着不绝的诗歌

想起焦裕禄

走进五月的桐林
就看见你鞠躬的身影
你一袭中山装
裹住了肆虐的风沙
你一辆单车
摇动着全心全意的铃声

洁白的桐花
在你坟前开了五十多遍
总有知冷知暖的人
怀念你
用那个风雪之夜的兰考泪
把心里的底片　显影

党员张思德

那是延安枣园的一个秋天
一位烧炭的共产党员
把温暖完全献给别人之后
走进一篇著名的文章
成为一个耀眼的标题

张思德
用木炭耸成一座泰山
那窑火　噼噼啪啪
点燃过多少灵魂
为人民服务　是燃烧出来的
所以　无论冷暖
总有人怀念
陕北的木炭

怀念孔繁森

打开你全部的行囊
都是阿里高原凛冽的风雪
仅剩的八元六角
你准备买些什么

你的毛衣暖在冈底斯山上
你的鲜血注入了狮泉河的源头
你吃的是雪
流出来的也是　血
只看到你吃雪的镜头
想象你流血的时候
八元六角
一串珍贵的数字攥在心头

国　旗　手

大别山走出去的旗手
每一步都仪仗着山的风采
天安门阵阵鸽哨
把你心中那面旗擦得鲜红
花季的年龄献给了晨曦
矫健的脚步与《义勇军进行曲》
一起向全世界播放
最神圣的在你手中升起
你一身翠绿　挺拔如松
根
深扎于眷恋的土地

山的怀念

回望乡村
一条荆棘之路
以瓷的光芒　射向七月的天空
镰刀的呐喊
从大别山上划过
映山红
以一版又一版的热血
凝结成高举的铁锤

红薯　是飘香的怀念
玉米棒　是生长的翅膀
读农舍　田埂和残留的弹痕
让你无法拒绝
平淡中山的至真至诚至远

蒲公英　飞出山的晨雾
石碑　像帆一样远航
江河环佩如链
英灵流连往返
浑宏悠远的山风
让它走多远
它就走多远

清　明　雨

一场下了几千年的雨
从眼泪开始
纷纷的季节
处处都有杏花村

草　如逝者之手抚摸
风　如先人之语叮咛
又清又明的日子
是生和死不变的追寻
清明雨
有也纷纷
无也纷纷

八月下乡

饱含汗水的眼睛
怎么也望不湿　干涸的家园
八月下乡
握住农人的手
如同握住滚烫的土地

一壶茶水先敬你
更浓更酽是心意
茶水汗水融一碗
河水井水共呼吸
把衬衫飘扬成一面旗帜
把铺盖与铺盖挨在一起
八月
诗歌与庄稼一道
寻找源泉
灌溉四季

守卫家园

洪水如猛兽
啮咬着我们的神经
守卫家园已成为唯一的词汇
人在堤在　堤毁人亡
大堤　分明是又一座大别山
从市长到市民
从百姓到子弟兵
心中的屏障愈来愈坚固
市委书记的喉咙嘶哑得不能讲话
昼夜未眠
泥泞中的身影
是一篇动人的报告
有一道无形的大堤在我眼前
高大起来
形成一道永远的防线

冬日访友

我不一定要找到你
揿一下美丽的门铃
梦中的颜色和名字
又一次开花

我一定要找到你
春天时　已许下诺言
老米酒　暖了多少回
小雪节大雪节
早已煮得沸腾

农民的心事

农民的心事
记在那块田里
写在那片天上
有一粒便会生长
有晴朗也有潮湿

农民的心事
就像山里的柿子
又涩又甜
如醇厚的米酒
酿了又酿
才出缸
你品着　饮着
觉得这是一种
最需要尝尝的味道

山乡绿丹阑

许多诱人的招手
不抵大别山一棵松的摇曳
辫子一甩
你成为最好风景的主人
山山岭岭你读遍了
翻过一页页田畴
山民们的心愿归纳在你的双眸里
因而你的诗园是美丽动人的
杜鹃还为你镶上一个火红耀眼的花边
鸟唱比不上你的调子
山泉淌不过你的流畅
开花时节
所有的芬芳涌向你
山乡
绿丹阑

水饺馆开张了

大路　瓦屋
行人　炊烟
门上一幅横匾
刘老三水饺馆

南来的　跳下自行车
北往的　放下肩上担
刚进门　一声吆喝
里边坐　来一碗

恭喜开张　你真有点本钱
专业承包　队是咱的靠山
顾客盈门　收入要翻番吧
三者得利　也为的群众方便

水饺进嘴也不使闲
刘老三　这饺子咱吃着发甜
老弟品得对呀
党的政策包在里边

小　街

马路　清晨
洒水车来了
洒一路宜人的湿润
小街——
冲洗的磁带
又开始录音

小　巷

下雨　道路泥泞
天黑　一片昏暗
是谁
铺上了一层干爽的泥沙
绷紧了这根松了的琴弦
哪个
把自家的电灯牵到巷里
像一个惊叹号写在屋檐
人们走着　打着招呼
在夜里端详着对方的脸

端 午 节

一个流放千年的故事
总是散发着艾叶的苦香
粽子和怀念一样
愈来愈多的花样

许多江上在赛龙舟
江和江应该是相通的
心里有条河
默默流向汨罗江

村　井

老家
总习惯在湾口
用清冽的井水
引诱月亮和出门的人
只有井水
才把家家户户润在一起
细水长流的事儿
还是村井
停电的日子
也靠得住
走多远　千里之外
跑不出　故乡
深情的眼睛

二　胡

内弦　外弦
婉转　清丽
各有各的音色
不高不低
一个源头　两条小溪
千斤担子一起担
声音合在一个小房子里
一对长久夫妻

大别情思

走进大别山

每块红薯地都默默等待
将军们曾谈笑风生而来　咬着红薯
与嚼着辣椒的湖南书生一样
津津有味
大别山的红薯与湖南辣椒
合在一起
摆了一桌新中国盛大的筵席

每座山头都昂扬着松
当漫山遍野红缨枪闪亮
它和铜锣一起交响成
一支无坚不摧的方面军
每个山沟都有山里人的泪水
大别山的老米酒
才这样赫赫有名

细心地走进你
酸甜苦辣的风景成为
一本书的封底
和另一本书的封面
不走遍每一个村庄

就解不开你胸脯上的钮扣
不爬遍陡峭的路
就找不到你怦怦的心音
大别山
走一回很艰难
走一回很骄傲

我爱大别山

我爱大别山
天堂寨上俯三省
龟峰耸出红杜鹃
三角山　刘邓大军留足迹
大崎山　抗日烽火耀山间
天台山下铜锣响
大别山里别样天

我爱大别山
毕昇活字传世界
余三胜　皮黄高腔动京天
李时珍　大别山中辨本草
闻一多　大别乡音作讲演
董必武　一身长衫兼文武
李先念　荆楚大地贤中贤
陈潭秋　陈策楼上陈大策
王树声　起于大别敢亮剑
红安红　忠勇将军第一县

我爱大别山
吊锅飘香　板栗咧嘴

花生处处埋赤胆
茶叶青青成公园
牛奶醇　谷儿黄
蚕丝织锦锦成山
蕲艾蕲竹构奇景
大别奇迹震宇寰

我爱大别山
景连景　山连山
看了多少年　看不够
赞了多少回　又赞叹
我爱你　大别山
崛起　是你的姿势
奔跑吧　大别山

大 别 山

从陈策楼上望你
从红安铜锣中听你
从闻一多急切的诗歌中读你
大别山
半个世纪前
你的名字是母亲身上的一道疤痕
半个世纪后
你成为共和国胸膛上一根坚实的肋骨

在无名战士墓前拜祭你
在漫山的兰草花中品味你
在导游图上重新打扮你
大别山
告别苦难和贫瘠
一棵树就是一只告别的手
一条溪涧就是一淌告别的泪滴

大别山的川

大别山的川
以婉转清新的长篇导游词　引导你
进入伟岸　雄奇的大别山
是阴和阳的和谐相拥
是奇和秀的百里画卷

是山伸出的手
是川上了云端
不然　多云山的云怎有川的翻腾
大别山的水怎呈山的容颜

河也舍不得走　打了千回转
山也频颔首　送川入巴源
千里大别　是山也是川
有了缠绵的川　才醉了大别山

大别乡村

七彩的乌桕
涂上了最美乡村的底色
沿着蜜的路径
进入酿好的风光
甜甜的风
洗去城市的尘嚣
湿漉漉的笑声
追赶着游人的漂流之浪

袅袅炊烟　伸出温暖的手
山民的笑脸　像向日葵在开放
老米酒　和乡村的热情一起
早已沸腾
撩人的吊锅
把山煮得直响
夜来一曲山歌起
哟嗬嗬
梦里乡村是故乡

走向京九

父老乡亲又一次激动
迎接南下　北上
从北京出发的隆隆声
从南海吹来的海潮声
在大别山接轨　放大
一年四季都有惊人的春雷

一个个晶莹的站口
如闪亮的纽扣
佩在大别山的胸脯上
一根根枕梁
就像道道谱线
托着大别山的小康之声

大别山秋恋

所有的树
还在奔跑不息
七彩的山峦　依然描画不止
大别之秋
在人们的瞳影之中
舒展着绚丽和神奇

老板栗
总是率领一山儿孙树
在太阳下歇息
乌桕们献了果子献色彩
醺红的叶子在提醒
相忘于大别
就辜负了最美丽的秋意

红枫下的调焦最快捷
随便一个镜　便是醉眼迷离
我已站在天堂寨上
与迎客松一起作出了握手的姿势
把大别山的秋叶夹进书里吧
每一片都是无需掩藏的依恋
再翻开
又是一页斑斓的记忆

大别之秋

在绿色风泼墨写意中　走进你
用一种熟悉的姿势
把春天种下的汗水　仔细阅读
乌桕和枫林正醒目地套红
标题在太阳下闪光
潮涌的桑园眨眼就是一版

当你遗憾大别之秋无瀑布
走进山货下山源源的风景
你惊喜于又一条奔腾的巴河
故乡之秋
在我的思绪中
你斑斓地生长
且将心事与秋后的米酒一起
酿了又酿
再等来年

大别山的年味

粗犷的哦嗬声　喊进了雪白的糍粑
一个打字之下　出来的却是粘人的乡情
一串串腊味　是游子魂牵梦绕的记忆
一坛坛米酒　绵柔刚烈
不然　大别山的儿女哪来的勇毅朴诚

有一根线　系在乡村的树上
四季风　拨弹着不绝的乡音
有一群人　飘在山外的森林里
做年味的时候
移动的树又组成故乡的风景
行走于山水之春的祝福中
爆响的鞭炮是最直接的问候
飘光的火塘　是网上网下最好的表情
四世同堂真过年
掌上嘀嗒也动人
一年一度旱船舞
一年又醉我乡村

大别山的红薯

寒冷和饥饿的日子
你是一颗滚烫的心
揣在将军们的怀里
乡音俚语将你煨熟
大别山红薯
如林的大厦中你顽强地飘着香

每块山地都记得过去的承诺
每个红薯会满面红光地发言
想起你的时候
便把诗扎进地里
再给老家捎封信

大别山的竹子

大别山的竹子
就是大别山的女人
依偎在树的怀抱里
用卓约的风姿和树组成了一道和谐的风景

做姑娘的时候
一页页笋衣包裹着你的心思
出落成林时
引诱着树　都弯了腰
出嫁的时候
四周的树纷纷招手　都流了泪

大别山的竹子
柔中有刚的妹子
前半生在山里
后半生在传说里

大别山吊锅

冬日的火塘
山民们把一年的酸甜苦辣
一锅熬
筷子在锅边开花
火苗发出温暖的笑
无论荤素　团聚或别离
煮沸的亲情友情
滋滋作响

缤纷的收成
在吊锅中堆起又一座大别山
提起或放下
还是一座山
天南地北千回宴
不如大别山吊锅香

诗歌罗田

一香
就香遍了海内外
一甜
就甜出了中华一绝
脆生生的罗田板栗
凉润润的罗田甜柿

一白
就白成银子
一黄
就黄成金子
蚕吐白丝即为宝
一摸黄沙即是金

一耸
成就人间天堂
一披
一身绿色天下羡
一挥手
五指拦成五道坝
一河清水变光明

一酿
楚乡美酒醉人心
一集会
板栗节上客如云
一开口啊
罗田山歌流成河
汇进长江波连波

啊　雄奇美丽的罗田
永远是我心中的第一行诗

秋到板栗园

当打板栗的哦嗬声
一山一山响起时
盛秋的栗都成熟而美丽
栗农与栗树相望
栗树下的酣睡中
见了月亮也是栗球
见了云彩　就是栗海

一棵栗树千年种
一片栗园一家亲
枝柯之间
童年在栗风中摇摇曳曳
攀爬坐于栗树
犹坐于父亲之肩
走出故乡
栗之香　栗之恩　栗之情
总是随秋而至
随诗而唱
随心而行

乡村的早晨

鸡子比人更守时
一串串啼鸣代替握手和打招呼
炊烟开始眺望天气
小猫在门槛上洗脸
值夜班的狗　打会儿盹
老爷子把一天的活计
一明一暗地吧嗒着
出工前的老黄牛反刍着
昨天的劳动经历
通向村外的路怎么也梳不直
一溜烟的笑声弯弯曲曲
朝太阳飘去

亲近桑园

无论怎样一种心情
亲近桑园时都翠绿了
春天的日子不断地翻卷
眨眼就是一篇平平仄仄
躬下身　是一种最佳姿势
温热的脚板和汗水
最易亲近
采桑歌攒了整整一个冬天
晾出来如春茧
爽朗朗　白生生
亲一亲桑园
胜过走四海的名胜
大别山的儿子
心中的明信片
永远是故乡源源的风景

栗收时节

在栗苞噼噼啪啪的咧嘴中
栗都的秋讯如期而至
登顶而望
栗色覆盖的故乡
成就了一年中最美的诗意

躬耕陇亩的身影
换来了仰望果实的姿势
收拢这漫山遍野的笑声吧
团圆的中秋
因此也甜甜蜜蜜

徜徉于翻腾的栗海中
怎又改变得了那金黄色的思绪
与栗树攀谈　栗树点头
与栗农握手　十指栗香飘溢

记忆秋天

走进熟悉而陌生的秋天
记忆　刚刚落地
便萌出根须
桑叶桑椹的味儿好鲜呀
藤蔓　是对山的眷恋
缠住城市　缠住乡思无数

每一条路
都有一个躬耕的故事
我的先辈们
于秋后选一个日子
用肩膀和锄头
从秋至冬　艰难划线　进入地图
我顺着这条线
四季来回
终又成为这无边秋景中的
一片叶

随手捋几种野菜
就嚼出了几种回忆的滋味
在故乡的秋天中　作一回游客
再攀登
我想大声招呼迎面而来的庄稼人
他们种植的秋天中
也有我沉甸甸的句子

山村除夕

一年的太阳下山了
就成了岁
燃烧的亲情
照亮一年一度的不眠之夜
沉默而劳作的乡亲们
用噼噼啪啪的鞭炮说话
年夜饭
总结了一年的收成

年的潮水中　打工者手中的车票
就是一份共同的宣言
千山万水之后
奔向先人们指定的一个神圣日子
山村的除夕有了无数个团圆

一个飘香的夜晚
家家户户的炊烟
在村子上空抢先握手
因为它们知道
新年到来时的烟花礼炮
将比它们飞得更高

蚕　农

跟蚕农下桑园
田间咝咝作响
蚕农　就是一条蚕
采桑歌儿如吐丝
一伸手　一把茧

与蚕共舞共眠
不闻鼾声听蚕声
蚕房轻轻下蚕雨
从丝开始织着嫁衣
从蚕开始做着新房
蚕姑的心　早已化作蚕蛹
长出翅膀

站成一株桑树
才明白一生守望的意义
绿和白　是蚕农生命的两个主色
偶尔　桑椹成为迷人的口红
与成熟的季节一起　做广告

锄头与树

一把倔强的锄头
是一棵移动的树
立在哪里
就在哪里生根发芽

锄头倒下的时候
许多树　纷纷作响
沧桑的年轮
化作一圈圈春泥

耕耘在外
握笔用握锄的姿势
信风传来的消息
也是落锄的声音

家乡的田埂

家乡的田埂
是一本书的书脊
书中　种满了
缤纷的四季
揽住收成　镶嵌希望
一双多情的手臂

童年的赤脚
拨弄于一根快乐的琴弦
哪里断了　哪里就接上田泥
所以　田埂之路
弯曲而飞翔
离开田埂后的马路
结实而小心翼翼

一条条田埂
网一般密集而美丽
乡亲们抓住手中的网绳
年年撒　年年织
一网一年　一网一甲子
我也成了这网中的一株稻穗

容不得一点荒芜
田埂上也沾满葱郁的春意
泥水味没变　吆喝声没变
只要你愿意　一切都可以依旧响起

放鸭的老人

一根带铲的竹竿
指挥千军万马
赤着的脚也成了蹼
竿挑早霞出
铲下夕阳归

鸭子扑棱棱地飞腾
也是眼睛最有神的时候
放遍每一条河流
遛跶每一个池塘
闲下的小酒
把久藏的心愿熨得通红

放鸭的老人
总有一群年轻的鸭
随着他吱吱呀呀的叫声
是乡村少不了的哟
不然　乡亲们怎么总是寻找呢

诗意凤城

一河两岸
河　画太极之线
两岸　如阴阳之鱼
相辅相融
相宜相生

一城三山
山如鼎足
樟杏相交
梧高栖凤
三山呼应

官渡早已变民渡
塔山也有塔了
没有中轴线也不要紧
城边高速
把城市的天际线引向泼墨的风景

伸出一只手
就是五桥飞架
唱响一首歌

就是凤之鸣
排排高楼皆凤翅
风清水润漾乡情
山水相环惊大别
凤舞楚天一颗星

黄 梅 戏

采茶女哼出的小调
是翠绿自然的
你的旋律才这样婉转　清丽
渔夫们船里的渔歌
是活蹦乱跳的
你的锣鼓声才这样紧紧密密
丢下一粒籽
就发了一棵芽
随着苦难走出去
从南至北芳香四溢
黄梅　一种戏因你而名
黄梅戏　一种情愫因你而聚

黄梅挑花

五彩丝线
是挑花女的绵绵情思
藏青大布上　银针跳动
典雅而热烈的花
就这样开了
收针的时候
线头也藏好
等出嫁的日子

一线穿针心有眼
一针挑得黄梅香
黄梅挑花
纤纤心愿挑不尽
梦幻楚辞出女红

长 胜 街

走进长胜街
耳边还在回响铜锣的呐喊
鲜血染过的青石条
展开一页页激情燃烧的文字
三百年的一条街
当它在大别山扬起的时候
就变成一道长鞭
唤醒沉睡的山峦
风雨中朴诚勇毅的摔打
长成一根红军的脊骨

一个很小的苏维埃
因为凝聚的初心
才能天翻地覆
三米宽的小街
站满一排排先烈的英姿
不胜不休的担当
才使长胜街如一条挑山的扁担不弯不曲
百年沧桑长胜街
共和国史册上
一副永远夺目的标题

红安铜锣

你金色的呐喊
划破了大别山沉重的乌云
漫山遍野的噔噔声中
站起了二百多位威武的将军
你的声音融进了开国大典的礼炮
你的激昂　才换来今天仓才仓才的京腔京韵

你是日月
耀眼于千秋万代
你是罗盘
引导着劳苦人民走向幸福和光明
你是共和国一盘最珍贵的唱片
永远不会嘶哑　历久弥新
红安铜锣　你是大别山炼出的
响当当　硬梆梆
不朽的精神

红　安　苕

红安的诗意
在这铺开的藤蔓中酝酿
丰收的季节
红薯　就是一篇红安宣言
甜也质朴　香也憨厚
千里大别　少不了你一个苕

两百多位将军
哪一个不记得你的味道
红星闪耀的战士
哪一个不是根植大地的红安苕
红安苕　走四方
粉身不改苕本色
吃软吃硬苕中苕

英山的茶

一切都是翠绿馨香
就连叫卖的鄂东软语
咂一口　茶仙陆羽也羡慕
英山的茶　才叫沁人心脾

尝百草而知茶
品百水还是离不开茶
千年不绝的文化
早已芬芳于唇齿之间
血脉之中

氤氲于吴头楚尾
缥缈的云雾给了你清新之韵
冽冽山泉带给你秀美的灵气
英山的茶
一杯袅袅
伴诗而浓

蕲艾飘香

悠长的馨香
弥漫于山水之间
端午前后的日子
被薰得　只有你的味道
七尖形的草药
攥一把
才真正和蕲春握手
荡漾蕲艾翻滚的绿波
才懂得
药性赋展开的韵律

山间一棵艾
百姓一口清
《本草纲目》的方剂
繁衍成一篇篇新的本草
蕲艾奇
灸天下

行吟留韵

九寨之水

梦境中的清澈
神话般的缤纷
摄人心魄的海子啊
分明是地球的眼睛
雪山熠熠　碧水通灵
时时律动的海子啊
你又是神山纯洁的圣心

拜访你　学会怎样接纳和净化
靠近你　看山水如何相依
刚柔怎样相济
四季如何澄明
走近你
才知水为诗画
水为镜鉴
水为情

夜访寒山寺

想夜听张继一千多年来不绝的钟声
寺门紧闭　月光如银
喧嚣声　早已盖过唐诗的吟诵
隔墙的塔楼
越发勾起怀古的幽情

城外早已变城内
月落不见乌啼
遥远的钟声和运河的桨声
送来一个新的姑苏城
去宿枫桥吧
客舍巍巍
泊出来的　竟是苏州乐园
令人眩目的　梦境

坐火车入川

在襄渝线的夜幕中飞奔
一座座山洞　引其进入更深的领悟
站台上的灯眨巴着眼睛
蜀道之上的晨风
也有麻辣的味道

与仰天长笑的江油李白擦肩而过
这条河是不是诗仙饮的酒
杜甫草堂里
诗圣留下一座沉郁顿挫的茅屋
刚出川了
沫水和若水扬波交汇时
手捧的女神之卷
才开始翻动

四川的山　四川的川
只有疾行的列车
才能急切地绕住你
坐火车入川
是唯一的最诗意的方式

从重庆登船

渣滓洞木楼上的木板
霎时
变成游船上的甲板
一路翩飞的思绪
在重庆大山大水里弥漫成雾

火辣的天气怎比煮翻天下的火锅
嘉陵江夜色阑珊
都是重庆人汗珠子的颜色
跨江索道是不是爱玩的游戏呢
水涨船高之后
三峡水道铺展着一条步入海洋的康庄之路

从重庆登船
踏上漂浮在长江上的重庆
汽笛声声动山城
走吧　与重庆同行

船过三峡

送船的号子
不再是纤夫栈道上的呐喊
巫山小伙用热情的歌喉
汇成又一条长江
云雨更浓稠
离神女更近
三峡平湖
在险峻之中舒展着母亲河的宽厚平稳
沧桑的山水哟
你最新最美的图画
跃上了新世纪的头版头条

船过三峡
无人入睡
顺流而下
还想逆流而上
远离三峡
心　还在三峡

隆中情结

一

梦醒　丽且深
教授们的胡茬　构思缜密
语调如隆中矿泉水
泛起阵阵美丽涟漪

诸葛亮躬耕十年
我在诸葛亮身旁读了三年
诸葛亮摇着鹅毛扇走了
走进了浩瀚神奇的三国
我告别了许多先生
也去做了一位先生
教龄比诸葛亮长得多

二

隆中决策　侃侃而谈
原来你是从这绿而来
四季的绿烂熟于心
树　是你的兵将

出山前操练了多少次
关羽张飞姜维黄忠不都是树吗
曹操没有三顾茅庐
所以画一个黑白脸谱留在戏班里
你一个二十七岁的小青年
用鹅毛扇
把三国的历史搅得跌宕多姿
再回隆中的你
还是扇不离手
看得出
每逢大雪纷飞的日子
你又在慷慨发言

谒南京中山陵

在博爱坊下鞠躬而过
周边脚步如潮
那不就是警钟的回响吗
一颗心　一次撞击
高处的中山先生长眠而静听
天下为公　熠熠生辉
沿着三百九十二级台阶攀登
高大的松杉早已长成崇敬的姿势
大理石像前　聆听着先生的遗训
林海绵绵　涛声阵阵
那是先行者不歇的讲演
那是伟人一生献出的　澎湃之情

谒李时珍陵园

一阵遥远的药香
从明朝飘来
在一棵棵鲜活的本草中
我品到了先生的
寒　热　温　平

玄妙观年轻的郎中
出门时一蓬乌发
进门时雪花满头
穿过悠长的历史走近你
你一身洁白了
立于雨湖　伸出手
请先生望　闻　问　切
四百年前　你忙于采药去了
四百年后　许多人还在等你
开一副药

李先念故居情思

红安高桥
一位年轻的木匠
手拿墨斗寻北斗
背着斧头劈天下
黄麻起义架云梯
红安力量接榫卯

一碗敬母的鸡汤
两块带着母亲体温的银元
故居的灶台上　分明还飘散着鸡汤的香味
两块银元　早生长成共和国国库中的宝藏
一件衣领破损的中山装
谁愿穿呢　谁敢穿呢
谁有这博大朴素的情怀

大别山　大巴山　祁连山
入川陕　走河西
突围中原　治理江汉
将军一生不下马
国事危急挽狂澜
殊功已入千秋志

红土红心　再回红安
捧一捧红安花生
剥开壳　也是红衣血色
伴晚霞　追念先贤

登岳阳楼

等待了多年
才上岳阳楼
眺望的洞庭
其实在心中
荡漾好久

洞庭广袤平静
千古名文　却在楼中掀
浪头
忧在楼
乐也在楼
滔滔不绝诵有声
无愧天下楼中楼

登天堂寨主峰

迈动的
不只是双脚
会当主峰的信念
成了一根最好的山拐杖
洒落在云天之上的汗水
把登顶后的畅快
抒发得更加淋漓
立定中原　目瞰江淮
山河一脉尽眼底

人在顶上　人也成了主峰之树
撞响的钟声　和层层雾霭一起奔涌而来
天堂佛光　照耀着虔诚的行者
此时的摇山呼喊
最合适
长江挥动着飘带
只有你
天堂寨　才能与之共舞

上哲人峰

沿着石匠们用汗水浆砌的石级
向上攀登
一条奇险的天堑神道
把艰辛和美丽同时奉献给又惊又喜的游人
都说山高人为峰
可是哲人峰高贵的头颅之上
谁也无法驻足登临
看哲人千万年思索
任云卷云舒　神闲气定
只有珍稀的紫薇红豆杉金钱松
为你做衣　为你扮须
相依相存
许多人和你拍照
洗出来
有时你微笑
有时你冷峻

致鄂黄长江大桥

跨越天堑
大别山与如画的江南
握手
等了千年　握住千年
东坡先生豪放的词律
怎料
九百年后的构思
有一笔更为豪迈雄壮

是大别山延伸的龙脉
在世纪第一春　节节生长
是矗立在两座古城间的一架竖琴
斜拉索的旋律与汽笛
汇成新的交响
大桥　是我们拥抱母亲河的臂膀
拥抱长江就是拥抱澎湃
拥抱海洋

给苏东坡

再到黄州　还是贬谪吗
栖霞楼上的朝霞留了千年
下定决心　泛舟赤壁
不再是三三两两的友人

天下都在传唱你的千古之赋
楼边之芍　城中之梅
吟咏着不绝的涛声
天晚了　苏学士要移舟何处

真担心你经不住太多的风霜
你早站成一个老乡
手中的诗稿
是依旧惊涛拍岸的豪放
还是赤壁月色的朦胧

赤壁东坡像

唱罢大江东去
就反剪双手站在赤壁
让长江空流了一千年

长江已经改道了
苏学士的长江
永不改道

黄州禹王城遗址

目望残垣
台基下是否还有木瑟想唱歌
竹简要说话
护城河依然水色
千年镜照
黄州之根

东周时的图册
一点　也熠熠生辉
铭文铜簠　九连铜灯
铸青铜的禹王
长江舞练而出
依稀的城郭
倔强地仰视身边的楼群
一坷一石　熟土朝天
禹王城　不一样的城
可触摸的黄州之魂

遗　爱　湖

长江　在这里思索
点了个句号　才愿意走
苏东坡的词赋
氤氲千年
这一波浩淼
便有了诗的灵性

寒食的时候
帖也冷气　水也浊人
遗爱　徜徉太久了
当你静下来的时候
黄州才去除蒙翳　睁大眼睛

遗爱清风　吹来水韵荷香
一蓑烟雨　朦胧着幽兰芳径
春晓之中　先生再问稼
只有这柳姿竹影
急就书成
琴岛新月照情思
傲雪红梅蔚游人
大别霜松映倒影

平湖归雁伴歌鸣

遗爱湖
有了你
黄州　才有荡漾之心
长江　才有清纯之肺
荆楚大地　才有一块温润的璧玉
熠熠生辉佩在身

黄州萝卜

长江之畔　土掩的精灵
拔萝卜的时候
黄州全城　都有
喜悦的疼痛
曹操的兵不见了
吃了黄州萝卜　走进了三国
苏学士　大快朵颐东坡肉时
一定有黄州萝卜　列阵相佐

一茬茬　一担担
味美的传说
成为百姓家最平常的咀嚼
甜是你　香是你
脆也是你
可生可熟可慢慢发酵的日子
是黄州萝卜长出来的

黄州豆腐

一提清贫的井水
一箪金黄的豆子
就这样水乳交融了两千多年
点浆的时候
膏水　在乳面划出
又一道长江

顺其自然的和德智慧
温润嫩滑了多少日子
少了黄州豆腐
黄州志该怎样写才好

四处找你原来的味道
脂源于水　水系于纯
寻思的诗也变成了豆腐块
在黄州的某个角落里

黄州宝塔

一支全楚文峰
被黄州握住了　四百年
古城　才有了文的江流
书的璀璨　帖的经典

无土而生的朴树
是文峰上的一滴浓墨
不然　怎么经年不枯苍翠依然
手搭凉棚　是眺望
词飞赋来的赤壁
还是换了人间的遗爱湖畔

寺相依　湖相拥
青云直上楚江山
宝塔　竖起一根大拇指
最刷屏　最持久
为黄州点赞

黄州寒食帖

黄州的那杆笔
就是东坡先生四十五岁的身影
跌宕顿挫　侧锋而舞
遭贬不流泪
流泪也要化作墨
一百二十九字
字字萧瑟
湿苇枯柴　蹲熊掠燕
一刀垂下　直指人心
石压蛤蟆有叫声
半世苍凉出神品

随性的奔放秀逸
正如先生的词赋
腾挪勾结之中
郁郁芊芊
未想作帖而成帖
黄州寒食帖
谁临得了呢

东　坡　肉

肥瘦相间
一块遭贬的肉
被先生的慢火　煨得那样有神
九百年间　浓香不断
软而不烂　肥而不腻
是旷达中的自然
煎熬中洒脱而成

阳春白雪前后赋
下里巴人猪肉经
一个大笑的老头
罨烟之下吹灶火
一道自美的美食
就这样伴随着我们的人生

东 坡 饼

酥脆的嫩黄深
丝绕的缠臂金
当机缘遇到旷达
当自然遇到率真
揉了又揉　醒了又醒
一朵螺髻之花
九百年间不了情
东坡饼
黄州的味道
入口留香
入心为铭

小城网吧

网吧　小城的一个站点
素洁的页面　等着你
心里轻轻一敲　就可进入
用清泉之声聊天
用绿森林链接
端坐于椅上的访问
瞬间　小城与洲洋握手

夜空中的键盘之声
和庄稼阡陌相连
飞动的网页
如同农人的四季
网吧　以优雅的狐步
在小城中跳舞

小城广场

最精彩的一页书
放在小城中央
最大的一个屏幕
映出山里人的风采
走进去　就走进了一首诗
路过它　心里就多了一个频道
华灯是彩霞留下的
广场是丝绸织出来的
许多心　簇拥着它
才是一个不谢的花边

小城夏夜

河风
漫不经心地
撩了撩小城的头发
四面的松香
寻歌而来
把家家户户的窗帘
拂动

苍劲的樟树下
少男少女的琴声
点燃多彩的霓虹
坐喝夜摊的啤酒
不小心
斟满一杯骤雨

小城夏夜
梳洗过的白天
夜晚中的童话
一传开　就愈来愈精致美丽了

家园风物

凤　山

从广宜粉丝的细软中认识你
从清冽的东坡井水中体味你
从地球外的卫星地图上惊叹你
百凤之河　缠绕着你
借力青云　凤舞楚天

叶家河　石源河　深水河
都流入巴河
城里人　乡下人
都是凤山人
从老塔山到濛濛山
从李家楼到栗子坳都不平静
李蟒岩　千年银杏绕佛香
凤山城　大别山中锦绣城
心中之水皆有义
种子都萌凤之形
大雾山上拨云雾
淘金寺里再淘金
凤山　不是我对你的钟爱
六十多万人　共你一颗星

骆 驼 坳

在丘陵的律动之中
一匹昂首的骆驼
背靠大别　驮着山宝
想饮马长江吗

长袍马褂的瞿瀛
中了亚元之后　揣支笔参加辛亥革命
归隐回乡　也变成一匹骆驼
学堂　从此是不变的地名
一身戎装的胡昌华　从大别山到火箭军
国之重器把脉人
戴着眼镜的徐卫林　从寒门学子到年轻院士
经纬之中　纺出精彩人生
京城返乡的徐志新　围城内外三部曲
燕儿谷里看精神

骆驼驮重不驮轻
一缕文脉古传今
骆驼坳　一曲驼铃响荆楚
代代相承赶驼人

白　莲

四季不谢的浪花
就是你的名字
共和国的地图上　总有一片蔚蓝
滋润着你的名字
白　因水而生
莲　因洁而开

为了你盛开的花朵
乡亲们一次又一次让出家园
奔腾不息的河流
让世界刮目相看
一泓清澈的湖水
续写新的传说
河两岸的花朵都在朝向太阳的方向

郑林书在雪域深寒中
把最后一个馒头递给战友
变成了天山的一棵雪莲
王天喜　王盼父子
犹如白莲河中两个正义的浪头

扑向邪恶

二十岁的王盼

凋谢的生命之花

圣洁如白莲

有情有义的白莲

瑰丽如诗的白莲

匡　河

徘徊在近千年建城史的旧县畈
残砖断瓦
是一个个问号
还是感叹号
注视着汪家桥的青瓷人俑
国宝的光辉
把县志打扮得灿烂夺目
茶园的茶
清香自在　不再作贡
一直泡暖民间

匡一东瀛归来彰法护国
张振武扛武昌起义大旗城头呐喊
张绩武北伐从军　诗书画作满堂香
兵部侍郎叶芝春　尽忠报国血洒疆场
墓园边　盛有九口塘的泪水

儿时的桑椹　还甜在心头
一棵桑树就是一个童话世界
南田北路的田里
也有我脚丫子的印记

佛光普照的观音山
无数个祈祷环绕
鱼跃人欢的山水里
一锅胖头鱼
就是舌尖上的罗田

大 河 岸

大河　一条文脉之河
汩汩而淌的灵气
成就了名家辈出的罗田
从大河出发的宰相王韶
西域建功终又魂归故里
明清医圣万密斋
悬壶济世　医学全书造福人间
楚国之宝王葆心　方志发微
今人所师　桃李满天

从雷家湾到枫树湾
从桑园到栗园
随便折个枝条插上这块土地就能结出果实
随便一个村落就是一幅美丽的画卷
到进士河漂流
一河的文墨托着你
到汤河洗濯吧
不倦的乡情
不歇的温泉

白 庙 河

白庙传说的神奇
已不抵今日的多姿多彩
跨马墩　一库艰辛一库歌
从北到南流至今
山水相依情相依
白庙河　一担挑罗九
歇脚上天堂

徜徉在付家庙的锦绣田园
马面冲的诗意农庄
青草药香的味道
不断弥漫开来
板栗长廊中　累累硕果
与游人一起　开口笑
潘家湾梯田婀娜曲折
一张美景安抚了多少躁动的心灵

路过你　不忘你
一曲高腔正是你
走进你
才知大别山是你
大别川也是你

九 资 河

多云山的云依旧从容飞渡
徐寿辉身披天堂寨的云霓
叱咤大半个中国
天完国由此而始
七娘山上松涛阵阵
爱唱高腔的余三胜
在山后喊了一嗓子
不回头地奔向了京城
唱出了国粹京剧

茯苓之乡的茯苓
折服了整个世界
天堂红叶　红了多少日子
主峰积雪　照亮了多少诗歌的标题
九资河　你有大别山最缤纷靓丽的四季

青砖黛瓦　流檐翘角
古色古香的古邑
是游人镜头里的惊喜
登高天堂寨　泛舟天堂湖
逛游田园景　漂流圣人堂
来一趟九资河
才不负大别的美丽雄奇

胜　利

漫山的松　是屯兵堡的兵吗
薄刀峰的刀　把你塑造成一尊武士
香炉观上　香露青茶采华露
千家堰处　天工水脉显遗存
吴头楚尾当大别
鸡鸣三县听啼音

野菊坳的菊　落梅河的梅
淡和浓的香　都化作一坛老米酒
醉了巍峨的大别山
金凤楼　佛香之中播火种
胜利门　开国大典上头条
李梯云肖方　松竹为矛闹革命
英雄方招　舍己救人垂千秋

老街上的老人　叼着烟杆
吞吐的历史　亦聚亦散
烈士陵园里　苍柏青翠云悠悠
当刘醒龙趴在一座阁楼的窗口
眺望圣天门口时
胜利古镇
用晚霞中的风景
做了一个美妙的装帧

河　铺

山满绿　砂成金
栗如海　茶泛青
一颗明珠佩大别
一方山水一方人
河铺　大别山用逶迤的腹地成就了你
新昌河　大别山用宽阔的臂膀捧出了你

林家咀的萝卜　清脆而甘甜
成长着乡愁的另一种味道
巴水源头的冰臼
举起盛邀天下的酒杯
吴氏孝子的孝道
随雨而润
棱峻的大别山
才如此温暖多情
苍翠的楠竹
是你绿色的名片
吱吱呀呀
走南闯北
响着
大别山的声音

平　湖

大别山的排歌号子
在这里随波而起
芭茅街的传说　岳家军的神勇
成了乡间楚剧团久唱不衰的剧情
罗田板栗甲天下
黄家湾　一山板栗甲罗田

古羊山的羊肠小道
才子周锡恩去而折返
翰林院编修的才学如葱郁的山林
东冲畈桑海如潮
林淑英　一个普通的蚕女
用灵思和巧手　成为嫘祖的传人

一湾沙滩一湾银
金银花海一片金
千年金桂王
用袭人的清香
吸引无数仰望的眼神
平湖　踏看山水寻胜迹
腹地之中听腹音

三　里　畈

巴河　在这里开始宽阔平坦
大别咽喉　在这里发出最强音
滚烫的温泉　脆甜的柿子
是你粗犷而热烈的性格
三里畈
十年的浸润才知其味
十年的风雨才懂你的脾气

祭扫烈士亭
一段激荡的历史
变成一块几十行文字的碑刻
秋游錾子石
古老的田野
变成一个节日重新吸引你
站在三中的梧桐树下
感受枝繁叶茂　凤栖和鸣　生生不息
温泉　真的是个歇脚的好地方
谁能抵挡住
这绝胜华清的涟漪呢

漫步在老二机和通用的厂区

寻找过去熟识的标记
老礼堂的歌声呢
老车站的嘈杂呢
一幕幕　一声声
重来又远去

三里畈
走出你温暖的怀抱
才觉别处几分寒意
不只是温泉蒸腾洗嚣尘
不只是三千长畈留下的足迹
不只是　一河巴水长相依

大　崎

大崎山　蕙兰山　天马山
山之奇　蕲黄风云绕山间
泗泊河　溢流河　花桥河
水之奇　蜿蜒清澈汇巴源
贡菊花　金银花　兰草花
花之奇　奇山奇水
添彩罗田

登崎山　望家园
湘莲浮动竹柳绿
栗熟柿红矿藏山
五广祠　行署遗迹今尚在
三解元　学堂书声代代传
大崎
奇景奇观
壮我罗田

罗田人物志之徐寿辉

一场由多云山而始的
急风暴雨　在元末
下了整整十年
布贩子徐寿辉　一生贩的
是一个朴素的道理

山的意志　松的风格
缠在头上的红巾　是大别的杜鹃
开遍大半个中国
天完国　匆匆而过
成就了安徽小和尚的
登峰造极

从风之龙　从云之虎
天道残缺匹夫补
一个地道的罗疯子　采石之痛
痛得一篇令人吁叹的县志

罗田人物志之万密斋

一个普通的郎中
行医采药五十年
太累了
就永远睡在家乡的山坡上
你的医案和方剂
还活着　为人治病
所以　只有你才是
医圣

一袭长衫的万氏青年　告别科场
毅然走上悬壶济世之路
一根银针　一把草木
在你手中神奇无比
神医的传说　如同大别山中的野花
信手拈来

一帖方剂　是你毕生的辨证
一罐药汤　不灭的思想在沸腾
一套全书　是先生永不停歇的发言
听者需静听
行者须全行

罗田人物志之王葆心

古楼冲走出的秀才
终成楚国之宝
携六万卷回乡时
四周　都是文史哲的丛林

搜遗辑轶　如农人精耕细作
眉目清豁的史著
是你用生命梳考而成
草木之序是你撰述的缜密
山岩之态是你铮铮风骨的写真

好一位倔强的读书人
葆住一颗高贵的心
好一位不倦的先生
用汤河的温泉
温暖荆楚的灵魂

罗田人物志之余三胜

一个爱拍渔鼓筒子的小伙子
高昂的东腔汉调还在乡间回荡
浪迹江湖　给了你洪亮的嗓音
大别山高　山山皆有戏
徽汉合流　皮黄之间最美的花腔

唱戏的老乡　放开了嗓子
你也成了祖师爷
京腔京韵的国粹
是你当年在京城的舞台上
唱做念打出来的
抑扬顿挫　婉转流畅
你的声音永远活着

七娘山上的松涛
是余氏三代不断的吟唱
进京之后　你再也没有回来
如今
三胜剧社戏迷的一板一眼
你能听见吗

罗田人物志之朱英国

一九五九年夏日
一位挑担步行上大学的年轻学子
从山旮旯里起飞
四十多年
成了翻飞中国的水稻候鸟
头发像稻穗　话语金黄结实
一串串　带有谷香

从龙门到农门
用自己的饥饿和劳顿
换来无数人的温饱
从农家子弟到农田院士
你用一粒种子改变了一个世界

厚重的大山给了你依靠
清澈的山泉　滋润着你无私的心田
一切的种子都是从老家开始萌发
一生的执著　只为一件天大的事
楚国种
天下用

罗田人物志之徐卫林

认识你是在一场婚礼上
把酒之中
话的是桑麻学者　工程院院士
梨树坳的梨花
开在你的心底
睿智的目光　有经有纬
醇厚的乡音
被你化作国际讲坛上的　中国惊奇

寂寞的坚守
如大别山中机杼声的寻寻密密
一支细纱　一根动人的琴弦
嵌入乡亲们平凡的日子
复合在五颜六色的大地
为师如树　一树引来万树栽
创新如椽　共和国的大厦才如此巍然屹立
温暖世界的人
世界给你挂满奖章
不负人生的人
人生之歌　才唱得如此铿锵有力

罗田人物志之汪林朋

石马之雄姿
文斗之墨润
山村少年从大别山勃发
一颗勇敢的心　耀动京城

从凤城的香樟雨
到玉渊潭畔的柳荫
而立之年再立业
一点一横开始的商啊
不是英雄难写成
商中有伤伤作饮
商中有困战为魂
居然之家
居然一飞冲天
随凤而鸣

聚木能成林
聚友皆为朋
居之然　家之源
居之家　据初心
寻常百姓皆呼尔
都把楚才作别名

罗田人物志之阎志

一个戴眼镜的文弱书生
从林开始　由诗而起
阎胡子的小儿子
成为卓尔不凡的掌门人

星河的梦想　璀璨楚天
找树的感觉还在
阳逻港的吊车是移动的树
汉口北的楼群是你得意的丛林
不惑之年
你也成了一棵财富之树　智慧之树
根在大别　荆楚得荫

散文式形散神聚的谋篇布局
诗歌般流畅跳跃的经营
足球　成了你随意踢出的一个逗号
如同儿时在巴河踢飞一个石子一样轻盈
家乡人还愿意叫声你 志儿
志为士之心
千次万次
不改乡音　不变心音

罗田人物志之徐志新

一次次华丽的转身
从一个地平线到另一个地平线
旦上的太阳
照着燕儿谷的儿子

燕儿谷　梦的开始
是一九六九　还是二零一一
是你向往的斑斓之色吗
幽白的玉兰　粉色的茶花　深红的梅
游人如潮而涌
“谷哥直播间”向世界发送无数个链接的时候
故乡的一方山水
成为你一生最好的答辩词

清澈的山溪　明晰着你的思路
移动的绿树　是你点妆的彩笔
百年皂荚灯笼挂
老屋徐徐诉心意
志存高远有新篇
将军寨下写传奇

薄刀峰

日月之光
用炽热和冷峻
磨砺出　一把锋利的薄刀
白云也小心翼翼
不留神
还是被割成一片片彩霞

刃上的风景
疼痛而美丽
即便是刀
偏偏刀上有行人

笔 架 山

一座端庄稳重的　笔架
才有如椽之笔
画出雄奇险峻的　天堂
大别山的文房之宝
走近你　才知你笔力
舞天动地　呼风蘸雨

是谁安放的笔架
人人都可搁上一支笔
让锦绣的天堂寨
与心中的风景在此源源　泼墨
山如笔架天下多
天堂笔架甲天下

东　坡　井

长江边的豪迈奔放
还是代替不了山间至清的恬淡
不然　千年前的苏学士
怎会　歌咏大江东去后远离黄州
来这里品味一泓井水的甘甜

一篇篇传唱不绝的词阕
汩汩于宁静与澎湃之间
宋时的文思
至今还翻涌如泉

一颗遭贬谪的心
是不是觉得江水太浑　海水太咸
东坡井通灵的纯洁
才有你一而再咏井的诗篇

天 堂 河

一叠又一叠如火之波
汲善的眼睛垒成千年石块
一个美丽的姑娘
自从有了伟岸的丈夫
眼泪　才开始柔顺
抚摸坝身　无限温暖

蜜月时的星星已长成无数个月亮
杜鹃年年的红艳
湿润在你的怀里
有一条美轮美奂的项链
才不负我梦中的天堂

天　堂　湖

用千山流翠
酿了多少年
大别山举起一只金樽
盛满一湖楚乡醇
用如银的月色擦拭了多少遍
大别山的一面妆镜
把山打扮得如此雄奇险峻
天堂湖
山在你怀里格外平静
绿在你手中温润动人

胜利老街

沿着石板路
从这头走到那头
一部历史磨了又磨　才发光
打赤脚的人　用血肉打磨路的人
到哪里去了呢

斗拱飞檐之下
一个个或美丽或惊心的传说
楔入了陈年的砖墙瓦块
融入了薄暮晨曦之中
货郎的扁担　是山里的檀树
胜利的扁担　就是这条弯弯的老街
一担挑三省
一放达三江

金凤楼依旧如凤展翅
夜幕下的拳头早已变成翠绿的山峦
纪念碑像挂起的帆
屯兵堡是风雨中一条远航的船

酿了又酿的老米酒
醇香　愈行愈远
温暖无限的蔸子火
代代相传　燃了又燃
胜利老街　英雄大别山的一枚肩章
熠熠生辉山水间

映 山 红

以潮水般的热情
拥抱你
大别山
与云海齐飞的绿和红
成为两种永恒的颜色
心的律动　梦的精灵
风雪中旋转　春风随叫随来
一朵　一首五律
一束　一篇词阙
一片　一首交响
一山　哪一种心情都可漂泊

板 栗 吟

淡黄的花条
融融入色
寂寞了一年
你的发言　特别棘手

一颗心包得那么紧
一旦捧出　香甜醇厚
大别山的板栗
砍你一刀　不流泪
折断你的枝子　嫁在别处
结出的还是　丰硕的果实

故乡的乌桕

一把一把红伞
撑开最上等的颜色
山熟的时候
你构成丰收的旗帜
童年的风　爱飘向你
背倚故园　是谁坐在枝柯之间
日渐生长的夕阳
正在修改一首平静的诗歌
聆听一片片铃声散落草丛
敲响下一个季节

老 米 酒

就用秋后的收获
酿造
开缸的清香
飘在年头岁尾

老米酒就是山里人的分寸
有白酒的烈性　甜酒的可人
把一年四季都酿里了
把汗水和泪水都洒里了
在山里喝老米酒
才知酒的味道

细品的时候
觉得有苦有甜
饮的时候
犹如山里酣畅的风
吹进你的每一个细胞
吹动你想睡的思想

老米酒　随山里人走天下
与友情乡情一起　湿润
一缸深情　一碗叮嘱
一方水土出精神

心灵的歌唱（代跋）
——读叶雄超的诗

刘选国

叶雄超的诗是一幅幅诗意的风景，灵气的素描折射出他心灵的历程。

雄超发表最早的诗恐怕算是1981年《襄阳报》上的《水饺馆开张了》，那时他还是襄阳师专中文系的一名学生，在“大路，瓦屋，行人，炊烟”的背景下，刘老三的水饺馆正开张，热闹的场景里精彩的对话：“刘老三，这饺子咋吃着发甜？”“老弟品得对啊，党的政策包在里边 。”作者通过一幅简洁的速写，描绘了改革开放政策给农民带来物质和精神上的巨大变化。1984年他发表于《长江文艺》第4期上的《小街》（外一首），也是勾勒出一幅温暖色调的社会风景，表达了作者对良好文明风尚的吟赞。“小街”是充满诗意的：“马路　清晨 / 洒水车来了 / 洒一路宜人的湿润 / 小街 ——/ 冲洗的磁带 / 又开始录音。”这个时候他的诗大多表现一个新的踏入社会的青年对生活的憧憬和爱恋。

二十世纪九十年代随着雄超个人走向成熟，生活的磨砺使他的诗更多表现对生活的审视。《教师笔记》中写教师：“沧桑和过去 / 统统灌进那三百度的镜片中了 / 不然 / 眼睛怎么总是源源不断地放出声音 / 装着李白拜伦高尔基的大脑 / 怎么也算不好菜篮子和女儿连衣裙的比例 / 刚和老婆吵架 / 又要夹着书去欣赏朱自清《荷塘月色》的恬静……”对当时教师职业那种孤芳自赏而又无奈舍弃的感情跃然纸上。

调到县委宣传部工作之后，雄超的视野开阔了，诗风也变得雄浑凝重了，开始表现一些重要的题材。《走向京九》表达了大别山人对铁路修进大别山的欣喜之情。“从北京发出的隆隆声 / 从南海发出的海潮声 / 在大别山接轨　放大”，它“就像道道谱线 / 托着大别山的小康之声”。《红安铜锣》中礼赞红安铜锣“你是日月 / 耀眼于千秋万代 / 你是罗盘 / 引导着劳苦人走向幸福和光明 / 你是共和国一盘最珍贵的唱片 / 永远不会嘶哑历久弥新 / 红安铜锣　你是大别山炼出的 / 响当当　硬邦邦 / 不朽的精神”。逐层推进，最后升华，想象奇特，比喻恰当，显示他的艺术手法逐渐娴熟。

作为一名宣传工作者他善于解剖人的灵魂。《怀念孔繁森》他从烈士的遗物里发掘出了烈士的伟大，“打开你全部的行囊 / 都是阿里高原的风雪 / 仅剩的八元六角 / 你准备买些什么呢”，这深沉的诘问，既是对烈士无私奉献精神的褒扬，亦使读者在烈士的高尚面前接受这灵魂的拷问。发表在《湖北日报》副刊上的《想起闻一多》则是体现了作者对闻一多先生思想和人格风骨的敬仰：“读了许多书 / 走近你 / 还是想听先生的课 / 先生不语 / 烟斗里飘袅着不绝的诗歌。”多度语言的自然运用，使得他的诗歌诗意丛生，新意迭出。《谒李时珍陵园》写李时珍：“四百年前　你忙于采药去了 / 四百年后　许多人还在等你 / 开一副药。”同样把历史和现实观照，明代李时珍的“药”，现代人的“病”，不同的读者会有不同的理解。雄超的诗歌隐喻手法的运用比较多，要仔细读，才知深意。这种创生性为主导的语言“惊奇”，给读者以极大的审美满足和思想力量。

雄超的诗还有一类是对家乡对大别山的赞颂。如《走进大别山》《大别山的竹子》《大别乡村》《大别山的红薯》《大别之秋》《亲近桑园》等。《亲近桑园》里写桑园“春天的日子不断地翻滚 / 眨眼就是一篇平平仄仄”，“大别山的儿子 / 心中的明信片 / 永远是故乡源源的风景”。这些诗真诚自然而且许多是神来之句，同时使得他的诗歌创作具有大别山的地域特色和代表意义。

雄超的诗，篇幅不长，但耐读，是他心灵在歌唱。在艺术特点上，他的诗凝练简洁，意境优美，善用比喻和拟人，如比喻教师生活："一家人密密排版　印刷着生活 / 儿子们是正楷 / 老子变成了瘦削的仿宋体。"写大别山的守林人"他站在山顶，头发向后飘着，风把他扯成一面旗帜"，写大别山的红薯"寒冷和饥饿的日子 / 你是一颗滚烫的心 / 揣在将军们的怀里 / 乡音俚语将你煨熟"，这些都十分形象贴切。作者善用视觉艺术，创造的诗歌意象新奇独到，读后能让人长久地玩味。

刘选国，罗田县人，中国红十字基金会党支部副书记，第四届理事会副理事长，红十字国际学院副院长。作品《心灵的歌唱》一文发表于1995年7月5日《黄冈日报》第4版《赤壁》副刊。

后 记

这本诗集的编辑整理持续了好几年，一些文朋诗友也在询问关切，直到今年才写成了《自序》和《后记》，并交由百花文艺出版社出版，算是了却了一桩心愿。

感谢在我文学道路上支持帮助我的各位领导同事、评家文友，多年来一路的陪伴和赞许，有时一句“最近又看到你写的诗了”就会使我觉得：有人会心领神会这些“泥土味”的诗歌，有人会成为你的读者，即使它从来都是小众的。

诗集选录我过去公开发表过的诗歌作品120首，大多较短小，是我几十年来笔耕不辍的成果，也是大别山长出的一朵文学“山茶花”。编成此书，求教于各位，激励自己退休不搁笔，也算是老有所用、健脑益心的一件乐事。

在此感谢陈春生、刘选国同志的评论，我把陈春生同志的评论《最美故乡山水情》作为诗集的《代序》，刘选国同志的评论《心灵的歌唱》作为诗集的《代跋》。还有一直关心帮助诗集出版的县文联主席王雅萍同志、县作协主席刘心明同志，编发我作品的所有编辑同志，以及百花文艺出版社的编辑同志，一直支持我工作和写作的家人，一并向他们表示衷心的感谢！

作 者

2023 年 5 月 15 日